Ash Ketchum,
Pokémon-Detektiv

Ash Ketchum, Pokémon-Detektiv

Dieses Buch gehört:

....

Inhalt

Kapitel 1: Gesichter im Wald   7
Kapitel 2: Hoothoot   13
Kapitel 3: Zu viele Ashs   26
Kapitel 4: Geisterhafte Illusionen   39
Kapitel 5: In Webaraks Netz gefangen   48
Kapitel 6: Fallensteller   58
Kapitel 7: Von Team Rocket reingelegt   72
Kapitel 8: Kleines verlorenes Damhirplex   84
Kapitel 9: Stürmende Damhirplex   92
Kapitel 10: Der Damhirplex-Roboter   101
Kapitel 11: Rettet das Damhirplex!   111

Gesichter im Wald

„Klar schaffst du es, dass wir uns wieder verlaufen, Ash", beschwerte sich Misty.
Ash Ketchum überlegte, ob er ihr die Zunge herausstrecken sollte, aber das half ja auch nicht. Die Sonne ging schon unter und sie würde es vermutlich eh nicht sehen.
„Wir haben uns nicht verlaufen", meinte Ash.
„Was immer du sagst, Ash", sagte Rocko, aber der ältere Junge klang nervös.

„Wir müssen nur weiterlaufen", sagte Ash zuversichtlich. „Folgt mir, ich weiß, wo es langgeht. Richtig, Pikachu?"

„*Pika*", antwortete Ashs kleines gelbes Pokémon mit unsicherer Stimme.

Ash stürmte weiter durch den Wald, dicht gefolgt von Pikachu.

„Ich muss nur dem Weg weiter folgen", sagte

Ash sich selbst. „Der Wald muss ja irgendwo aufhören."

Ash trat auf eine Lichtung. Hohe Bäume standen um eine offene Grasfläche. Der Weg gabelte sich in drei Richtungen.

„Oh, nein", stöhnte Ash. „Welchen Weg sollen wir nehmen?"

„Ich wusste doch, dass wir uns verlaufen haben!", sagte Misty hinter ihm. Sie und Rocko hatten ihn eingeholt.

„Hm, genauso hatte ich es geplant", log Ash.
„Diese Lichtung ist der perfekte Ort zum
Übernachten. Wir können uns ausruhen und
morgen früh den Weg weitergehen."

Misty betrachtete die Lichtung. Es wurde
dunkler und die Bäume warfen unheimliche
Schatten. Togepi, das Zackenball-Pokémon,
das Misty immer bei sich hatte, zitterte in
seiner Schale.

„Ich werde an diesem Ort nicht die Nacht
verbringen", sagte Misty. „Togepi hat Angst."

„Ich glaube, du bist diejenige, die hier Angst
hat", stichelte Ash.

„Das reicht, ihr zwei", wies Rocko sie zurecht.
Er sorgte zwischen Ash und Misty immer für
Frieden. „Wir brauchen einen Plan."

„Wuuuuuuuuuuuuuuuuuuuuuuuh ..."

Misty sah Ash an. „Hör auf, mir Angst einjagen
zu wollen", sagte sie. „Dieses schaurige Geheul
ist ja wohl der älteste Trick, den es gibt."

Ash spürte, wie er Gänsehaut an den Armen bekam. „Das war ich nicht", sagte Ash. „Wuuuuuuuuuuuuuuuuuuuuuuuh ..." Das Geheul war nun lauter.

Ein kalter Wind wehte über die Lichtung, sodass die Blätter zu Ashs Füßen raschelten. Ash sah sich um. Wo kam die Stimme her? Plötzlich begann die knorrige Baumrinde zu wabern. Gesichter tauchten an den Baumstämmen auf. Gesichter mit dunklen, leeren Augen und klaffenden Mündern. „Wuuuuuuuuuuuuuuuuuuuuuuuh ..." Die Stimme kam nun von überallher.

„Hilfe!", schrien Ash, Misty und Rocko gleichzeitig. Pikachu hüpfte Ash in die Arme. Wie aus dem Nichts hüpfte plötzlich ein Flug-Pokémon in die Mitte der Lichtung. Es hatte einen runden Körper, zwei kurze Flügel und große rote Augen.

Rote Lichtstrahlen schossen aus den Augen

des Pokémon in Richtung der schaurigen Gesichter der Bäume. Sobald sie vom Licht getroffen wurden, lösten sie sich auf.
Das geheimnisvolle Geheul verhallte.
Das Flug-Pokémon sah Ash an.
„*Hoothoot!*", sagte das Pokémon.

Hoothoot

Eine dunkle Gestalt betrat die Lichtung.
Es war ein Junge mit leicht gewelltem
braunem Haar und selbstgefälligem Grinsen.
Ash erkannte ihn.
Es war Gary, ein weiterer Pokémon-Trainer
und Ashs größter Rivale.
Gary ging auf das Flug-Pokémon zu und
tätschelte ihm den Kopf.
„Gut gemacht, Hoothoot", sagte Gary.

Ash rieb sich die Augen. „Habe ich Visionen?", fragte er.

„Die Gesichter auf den Bäumen waren eine Illusion", sagte Gary. „Aber ich bin echt. Und wie immer bin ich dir weit voraus, Ash."

Ash stöhnte. Das war definitiv Gary. Er hielt sich für so viel besser als Ash.

Aber was machte Gary hier? Und was hatte es mit diesem Hoothoot nun eigentlich auf sich?

Ash holte seinen Pokédex Dexter heraus. Dieser Taschencomputer enthielt Informationen zu allen möglichen Pokémon.

"Hoothoot, das Eulen-Pokémon", sagte Dexter. "Es steht immer auf einem Bein und kann auch bei dunkelster Nacht klar sehen."

„Ohne ein Hoothoot werdet ihr nie durch diesen Wald kommen", sagte Gary.

„Was willst du damit sagen?", fragte Ash.

„Ohne ein Hoothoot werdet ihr euch

verirren", sagte Gary. „Das hättest du wissen müssen. Aber natürlich wusstest du das nicht. Deshalb bin ich ein Gewinner und du ein Verlierer."

Ash fühlte den üblichen Ärger in sich aufsteigen. „Wir werden ja sehen, wer bei der Johto-Liga besser abschneidet." In der Liga würden Ash und Gary im Kampf um den Sieg gegen andere Pokémon-Trainer antreten.

Gary grinste spöttisch. „Du musst du aber erst mal hinkommen! Komm, Hoothoot."

Gary und das Hoothoot verschwanden auf einem der Wege.

„Wir müssen nur ein Hoothoot finden, das uns den Weg zeigt", sagte Ash.

Misty rollte mit den Augen. „Das wird mitten in diesem dunklen Wald nicht ganz einfach werden", antwortete sie.

Ash war nicht bereit, aufzugeben: „Ich werde eins fangen. Ihr werdet schon sehen!"

Eine Stunde später irrten sie immer noch im Wald herum. Weit und breit war kein Hoothoot zu sehen. „Hoothoot, wo bist du?", rief Ash nun bestimmt schon zum millionsten Mal.

Misty folgte den Jungen. „Wir werden nie aus diesem Wald herausfinden", klagte sie.

Ash seufzte. Er strich sich eine dunkle Haarsträhne aus dem Gesicht. Er stapfte ja nur durch diesen seltsamen Wald, weil er in der Johto-Liga gegen andere Trainer antreten und Orden verdienen wollte. Nur so konnte er Pokémon-Meister-Trainer werden. Aber jetzt hatten sie sich verirrt. Vielleicht hatte Gary Recht. Ash würde die Johto-Liga noch nicht einmal erreichen.

„Hoot!"

Ash wirbelte herum.

„Habt ihr das gehört?", fragte er.

„Hoothoot!"

„Ich hab's geschafft!", rief Ash. „Ich habe ein Hoothoot gefunden."
Misty sah hinab zu ihren Füßen. Ein Hoothoot sah sie bewundernd an und kuschelte sich an ihre Turnschuhe.
„Es scheint eher, als hätte dieses Hoothoot mich gefunden", korrigierte Misty Ash.
„Das werden wir ja sehen", sagte Ash.
„Komm her, Hoothoot!"
Das Hoothoot hüpfte auf einem Fuß auf Ash

zu. Dann hüpfte es ihm auf den Kopf und begann, ihm mit dem Schnabel auf den Kopf zu picken.

„Aua!", rief Ash. „Hör auf damit!"

Das Hoothoot sprang herunter und hüpfte einen Pfad entlang.

„Lasst uns ihm folgen", sagte Misty.

Ash rannte dem Hoothoot hinterher und rieb sich dabei den wunden Kopf. Der Pfad wurde weiter und weiter. In einiger Entfernung sah Ash einen Torbogen. Das Hoothoot lief direkt hindurch.

Ash und die anderen folgten dem Hoothoot. Das Flug-Pokémon hielt vor einer großen Säule an, in die das Bild eines Hoothoot eingemeißelt war.

„Dieser Ort ist gruseliger als der Wald", sagte Misty zitternd.

„Wen nennst du hier gruselig?", fragte eine schrille Stimme.

Eine kleine alte Frau trat hinter der Säule hervor. Sie trug einen grünen Rock, ein rosa Hemd und eine Kette aus dicken blauen Perlen. Ihr rundes Gesicht war von tiefen Falten übersät.
„Das ist schon wieder eine Illusion!", rief Ash. „Pikachu, benutze Donnerschock!"
„*Pika?*", Pikachu klang unsicher.

Die alte Frau ging zu Ash hinüber und zog ihn am Ohr.

„Aua!", schrie Ash schon zum zweiten Mal in dieser Nacht.

„Ich bin keine Illusion, junger Mann", sagte sie. „Mein Name ist Agathe. Wenn ihr aus dem Wald herausfinden wollt, dann folgt ihr mir besser."

Ash sah Rocko und Misty an. Sie zuckten die Schultern und folgten Agathe und dem Hoothoot zu einer kleinen Holzhütte. Dann setzten sie sich hin und unterhielten sich.

Agathe sah Ash scharf ins Gesicht.

„Ihr habt euch verirrt, oder?", fragte sie schließlich.

„Wir hatten uns verirrt", sagte Ash. „Aber dann haben wir das Hoothoot gefunden. Es wird uns aus dem Wald führen."

Agathes Mund verzog sich zu einem Grinsen. Dann begann sie zu lachen.

„Dieses Hoothoot?", fragte sie. „Ihr seid nicht von hier, oder?"

Sie runzelte die Stirn.

„Wir haben uns verirrt", unterbrach Misty. „Kannst du uns helfen?"

„Ich verleihe Hoothoot an Reisende, die vorbeikommen", erklärte Agathe. „Hoothoot können die Illusionen im Wald nämlich durchschauen. Sie können einen sicher aus dem Wald herausführen."

Also hier hatte Gary sein Hoothoot her, dachte Ash.

„Perfekt!", sagte Misty. „Können wir uns eines ausleihen?"

Agathe schüttelte den Kopf. „Das habe ich ja versucht, deinem Freund zu erklären. Dieses Hoothoot hier ist das einzige, das noch da ist. Es hat es bisher aber noch nie sicher aus dem Wald geschafft. Ihr könnt aber gerne heute Nacht hierbleiben. Die anderen

Hoothoot-Führer kommen morgen früh zurück."

„Für mich klingt das gut", sagte Misty gähnend.

„Nein!", rief Ash und sprang auf. „Dann hat Gary einen riesigen Vorsprung. Können wir nicht dieses Hoothoot nehmen? Ich bin ein erstklassiger Trainer. Ich bekomme das hin."

Agathe lächelte. „Ich habe vergessen zu erwähnen, dass dieses Hoothoot noch eine Schwäche hat", sagte sie. „Eine Schwäche für hübsche Mädchen."

„Hoot!" Hoothoot kuschelte sich an Misty.

„Hübsche Mädchen?", fragte Ash. „Wo?"

„Hey!", beschwerte sich Misty.

Ash ignorierte sie. „Also, was sagst du, Agathe?", fragte Ash. „Können wir es mitnehmen?"

Agathe zuckte mit den Schultern. „Ich kann euch schlecht davon abhalten, oder?"

„Ich habe eine Frage", sagte Rocko. „Wegen der Illusionen im Wald: Weißt du, woher sie kommen?"

Agathes blaue Augen funkelten. „Das, meine Freunde, ist ein Rätsel."

„Ein Rätsel? Cool!", sagte Ash. „Wir sind gut darin, Rätsel zu lösen."

„Das werden wir sehen", sagte Agathe. „Viel Glück!"

Ash und die anderen verließen die Hütte.
Hoothoot stand neben Mistys Füßen.
„Dann mal los, Hoothoot", sagte Ash.
„Zeig uns den Weg!"
Hoothoot rührte sich nicht. Es sah zu Misty auf.
„Na, komm, Hoothoot", sagte Misty freundlich. „Du hilfst uns doch, oder?"
„*Hoothoot!*" Das Pokémon hüpfte den Weg wieder zurück.

Ashs Laune wurde besser, je tiefer sie in den Wald hineinliefen. Sie würden Gary einholen.

„Was ist los, Hoothoot?", fragte Misty.

Hoothoot zitterte immer stärker. Das Pokémon sah verängstigt aus, fand Ash.

„Hoothoot, was ist los mit dir?", fragte Ash.

In dem Moment tauchten unzählige glühende Bälle in der Luft auf. Sie waren etwa so groß wie ein Baseball und schienen von einem unheimlichen blauen Gas umgeben zu sein.

„Pass auf, Ash!", rief Rocko.

Einer der Bälle schoss durch die Luft, direkt auf Ashs Kopf zu!

3
Zu viele Ashs

Ash duckte sich. Der leuchtende Ball verpasste ihn knapp. Die anderen Bälle flogen an Misty und Rocko vorbei.
„Das müssen Illusionen sein", meinte Ash. „Hoothoot, halte sie auf!"
Hoothoot reagierte nicht.
„Bitte, Hoothoot!", bat Misty.
Die vielen Lichtbälle sammelten sich und bildeten ein Dreieck. Hoothoot zielte mit

seinen großen roten Augen auf sie. Ash sah, wie es sich bemühte, einen roten Strahl zu schießen, wie Garys Hoothoot es getan hatte. Aber es gelang ihm einfach nicht.

Die Lichtbälle begannen eine Form anzunehmen: Sie bildeten eine schaurige Maske aus blauem Licht. Zwei leere Augen starrten sie an. Ein riesiger, klaffender Mund öffnete sich.

„*Hoot!*" Hoothoot hüpfte vor dem Gesicht davon, so schnell es konnte.

„*Wahahahahahaha!*", lachte die Maske. Dann schoss sie auf Ash und seine Freunde herab. Ash schnappte sich Pikachu und rannte Hoothoot hinterher, Rocko und Misty dicht auf seinen Fersen.

Endlich schien es, als hätte die Illusion, oder was auch immer es war, die Verfolgung aufgegeben. Ash blieb stehen, um zu Atem zu kommen. Er setzte Pikachu zu Boden.

„Was ist passiert, Hoothoot?", fragte Ash das Flug-Pokémon. „Warum hast du uns alleingelassen?"

„*Hoot!*" Hoothoot schien nicht das Gefühl zu haben, etwas falsch gemacht zu haben.

„Was hast du erwartet, Ash?", fragte Misty.

„Agathe hat uns gewarnt, dieses Hoothoot sei kein guter Führer. Wir könnten bereits an einem sicheren Ort schlafen. Stattdessen haben wir uns noch weiter verirrt. Und irgendwas da draußen ist hinter uns her!"

„Agathe hat gesagt, das sind nur Illusionen", erinnerte sie Ash. „Illusionen können uns nichts anhaben, oder?"

In dem Moment fiel ein Seil aus dem Himmel. Es wickelte sich um Pikachu und hob das Pokémon in die Luft.

„*Pika!*", rief Pikachu.

„Ash, ich glaube, das ist keine Illusion", sagte Rocko.

Ash sprang hoch und schnappte sich das Ende des Seils. Er hielt sich fest, so gut er konnte, während das Seil immer höher hinauf flog.

Ash hatte ein ungutes Gefühl, denn er wusste, was jetzt kommen musste.

„Jetzt gibt es Ärger!", sagte eine Mädchenstimme.

„Und es kommt noch härter!", fügte eine Jungenstimme hinzu.

Ash sah nach oben. Es war Team Rocket, das Trio von Pokémon-Dieben. Jessie, James und ihr Pokémon Mauzi wollten Pikachu entführen. Diesmal hockten Jessie und James in der Krone eines hohen Baumes und hielten eine riesige Angelrute, von deren Ende das Seil herabbaumelte. Sie holten das Seil ein wie eine Angelschnur. Aber statt eines Fischs hatten sie Ash und Pikachu erwischt.

Jessie lächelte hintertrieben. „Na, hallo, Blödmann", rief sie hinunter. „Wir hatten nicht damit gerechnet, dass du hier rumhängst."

„Aber da du schon mal da bist, könnten wir dich und Pikachu entführen", fuhr James fort.

Mauzi, das freche Katzen-Pokémon, grinste. „Und nun erwartet dich eine baum-bastische Überraschung", sagte Mauzi.

„Baum-bastisch?", fragte Ash verwirrt. „Was redest du – ahhhhhhhhhh!"

Jessie und James schwangen die Angelrute kräftig zu einer Seite. Ash knallte mit dem Gesicht voran gegen einen dicken Baumstamm. Beim Aufprall glitt ihm das Seil aus den Händen und er rutschte hinunter auf den Waldboden.

„*Pika!*", rief Pikachu. Schnell holten Jessie

und James das kleine Pokémon ein. James hielt das Seil hoch und Pikachu baumelte vor ihm.

Mauzi öffnete den Deckel eines Kastens.

„Dieser Elektro-sichere Käfig wird verhindern, dass Pikachu uns schockende Überraschungen bereitet", sagte Mauzi.

James ließ Pikachu in den Kasten fallen und Mauzi klappte den Deckel zu.

„He, gib mir mein Pikachu zurück!", brüllte Ash zu ihnen hinauf.

„Wenn wir es so einfach rausrückten, würden wir ja unseren Job nicht erledigen, oder?", meinte Jessie.

„Und jetzt ist es Zeit für die den großen Abgang!", kündigte James an.

Der blauhaarige Junge schob einen Ast zur Seite und dahinter sah man ein kleines Ruderboot an zwei Seilen. Die Seile waren über den Wald gespannt. Ash sah, dass das

Boot mit zwei Flaschenzügen an den Seilen befestigt war.

Jessie, James und Mauzi sprangen in das Boot. Mauzi hielt den Kasten fest, in dem Pikachu gefangen war.

„Endlich haben wir es geschafft!", sagte Mauzi. „Der Boss wird es kaum glauben."

„Zeit, abzuhauen", sagte James. Er zog an einem Hebel und das Boot bewegte sich an den Seilen entlang vom Baum weg.

Jessie winkte zum Abschied. „Du wirst Pikachu nie wieders... *ahhhhhhhhhhh*!"

Die Seile, die das Boot hielten, rissen entzwei. Das Boot krachte auf den Waldboden hinunter. Der Deckel des Kastens sprang auf, Pikachu schoss heraus und sprang Ash in die Arme.

„Pikachu!", rief Ash und drückte sein Pokémon fest an sich.

„Es ist noch nicht vorbei", sagte Jessie und

streifte die Blätter von ihrem weißen Team-Rocket-Anzug. „Wir werden nicht kampflos aufgeben." Sie hielt einen rot-weißen Pokéball hoch.

„Ich bin bereit für einen Kampf", antwortete Ash. Er nahm einen Pokéball von seinem Gürtel.

„Du bist dran, Arbok!", rief Jessie und warf

den Ball. Mit einem Blitz tauchte ein violettes Kobra-Pokémon auf.

„Komm raus, Sarzenia", rief James. Auch er warf einen Pokéball und heraus kam ein Pokémon, dass wie eine riesige Pflanze aussah. Sarzenia hatte einen großen, gelben Körper wie eine Kannenpflanze. Wie üblich, verschlang sie James mit einem Happs.

„Wie oft muss ich dir das noch sagen?", schrie James und zappelte wild mit den Beinen in der Luft. „Greif die an, nicht mich!" Ash warf einen Pokéball. Diese Clowns zu schlagen, sollte nicht schwer sein.

„Bisasam, ich wähle dich!", rief Ash.

Mit einem weißen Lichtblitz erschien ein Pflanzen- und Gift-Typ-Pokémon.

Bisasam sah aus wie ein kleiner Dinosaurier mit einem Samen auf dem Rücken.

Ash spannte sich an.

Zum ersten Mal reagierte Hoothoot. Das

Flug-Pokémon rannte vor Ash. Es hüpfte nervös umher und flatterte mit den Flügeln. Da entdeckte Team Rocket in der Ferne ein großes oranges Pokémon.

„Ein Dragoran!", rief Mauzi.

„Das seltene Pokémon ist ein viel wertvollerer Preis als Pikachu", sagte Jessie.

„Wir müssen es fangen", sagte James.

„Komm schon, Sarzenia."

Jessie, James und Mauzi rannten dem Dragoran hinterher. Sarzenia und Arbok folgten ihnen.

„Irgendwas sagt mir, dass Team Rocket einer Illusion folgt", sagte Rocko und trat vor Ash.

„Das ist mir völlig egal", sagte Ash. „Ich bin nur froh, dass wir Team Rocket los sind. Oder, Pikachu?"

Ash zu seinem kleinen Pokémon hinunter. Pikachu sah verängstigt aus.

„Was ist los mit dir, Pikachu?", fragte Ash.
Dann bemerkte er seine Freunde. Rocko und
Misty waren beide bleich geworden. Togepi
hielt sich die Augen mit seinen kurzen Armen
zu.
„Was ist los?", fragte Ash sie. Seine Stimme
hatte ein seltsames Echo.
Langsam drehte Ash sich um.

Um ihn herum standen ganz viele exakte Ash-Kopien!

„Das kann nicht sein", rief Ash. „Es gibt nur einen Ash. Und das bin ich!"

4
Geisterhafte Illusionen

Ash wusste, dass diese Kopien von ihm Illusionen sein mussten. Aber sie wirkten so echt!
Dutzende von Klonen umzingelten ihn.
„Ash, welcher davon bist du wirklich?", rief Misty.
„Ich bin genau hier!", rief Ash. Aber seine Kopien antworteten auch alle, sodass seine

Stimme unterging. „Nein, ich bin der richtige Ash!"

„Ich bin es!"

„Nein, er ist eine Fälschung!"

„Lasst euch nicht täuschen! Ich bin der echte Ash!"

Ash wedelte mit den Armen, damit man ihn von den anderen unterscheiden konnte. Er sprang auf und ab. Aber es half nichts. Seine Kopien machten es ihm alle nach.

Misty kniete sich neben Pikachu. „Kannst du den echten Ash erkennen?", fragte sie.

„Ich bin's, Pikachu. Hier bin ich!", rief Ash, aber seine Kopien riefen das gleiche.

Pikachu schaute verwirrt auf die Horde von Ashs.

Die Ash-Kopien versammelten sich um Pikachu.

„Ich bin der echte, Pikachu!"

„Sag es ihnen, Pikachu!"

„Ich bin's, Pikachu. Erkennst du mich nicht?"
Ash sah, wie Pikachu versuchte, sich zu
konzentrieren, um ihn zu entdecken, aber er
war zu verwirrt. Pikachu stützte seinen Kopf
in die Hände.
Dann tat Pikachu, was er am besten konnte.
„Pikachuuuuuuuuuuuuuuuuu!" Blitze
durchzuckten die Luft, als Pikachu eine
elektrische Ladung auf die Kopien losließ.
Ash wappnete sich für den Treffer, der
seinen Körper durchzuckte. Die Kopien
verschwanden, sobald der Elektroschock sie
traf. Nur Ash blieb alleine zurück, wenn auch
mehr als nur ein bisschen zerzaust.
„Gute Arbeit, Pikachu", sagte Ash schwach.
Er tätschelte dem gelben Pokémon den Kopf.
„Ihhhhhhhhhhhhhhhh!" Ein schriller Schrei
hallte durch die Nachtluft.
Ash wirbelte herum. Misty war von Käfer-
Pokémon umringt.

„Helft mir!", schrie Misty.

Ash wusste, dass Misty Angst vor Käfer-Pokémon hatte, und nun war sie von einigen der fiesesten Käfer-Pokémon umzingelt. Omot flatterte über ihrem Kopf. Bibor summte neben ihrem Ohr. Raupy und Hornliu krochen auf sie zu. Safcon starrte sie mit großen Augen an.

„Das ist alles nur eine Illusion, Misty", erinnerte sie Ash. „Sie können dir nichts tun!"

„Die sehen aber verdammt echt aus", sagte Misty. „Wo ist Hoothoot? Vielleicht kann es helfen, dass ich diese Viecher loswerde."

Ash drehte sich zu dem Flug-Pokémon um. Hoothoot hüpfte so schnell es konnte davon.

„Warte, Hoothoot!", rief Ash ihm hinterher. Aber Hoothoot hüpfte weiter.

„Du kannst Misty doch nicht allein lassen", rief Ash und lief ihm nach. „Sie braucht dich."

Hoothoot hörte auf zu hüpfen.
„Du bist der Einzige, der Misty retten kann",
sagte Ash. „Du kannst das. Ich weiß, dass du
es kannst."
Hoothoot drehte sich zu dem Schwarm aus
Käfer-Pokémon um. Ash konnte sehen, dass
es sich mit aller Macht konzentrierte.
„Diese Viecher machen mich wirklich fertig!",
sagte Misty. „Bitte, hilf mir, Hoothoot."
Hoothoots runde Augen begannen rot zu

leuchten, genau wie die Augen von Garys Pokémon.

Das rote Licht wurde stärker und stärker. Dann schoss es in einem dicken Strahl auf die Käfer-Pokémon zu. Die fiesen Kreaturen lösten sich eine nach der anderen in Luft auf.

Misty atmete erleichtert auf. „Danke, Hoothoot", sagte sie.

Jetzt sieht Hoothoot stark und selbstsicher aus, dachte Ash. Dann richtete das Flug-Pokémon seinen Augenstrahl auf die Bäume des Waldes.

Ash stockte der Atem. Das rote Licht enthüllte Horden von Geist-Pokémon, die sich in den Baumkronen versteckten. Grau-violette Alpollo mit grausigen Krallen, Gengar mit schaurigen orangen Augen.

„Das sind ja Unmengen", sagte Ash erstaunt.

„Ah-ha!", rief Rocko. „Also haben die Geist-

44

Pokémon die ganze Zeit die Illusionen ausgelöst."
„Ich glaube, ich habe für heute Nacht genug von Illusionen", sagte Ash. Er wandte sich an Bisasam. „Setz deinen Rankenhieb ein!"
Zwei lange grüne Ranken schossen aus dem Samen auf Bisasams Rücken und die Bäume empor. Sie schlugen die Geist-Pokémon von den Ästen.
„Pikachu, Donnerblitz!", rief Ash.

Rote Funken tanzten auf Pikachus Wangen, als er sich für den Angriff auflud. Dann schleuderte er einen Elektroschock auf die fallenden Geist-Pokémon. Der Angriff schleuderte die Alpollo und Gengar tief in den Wald hinein.

„Super! Wir haben's geschafft!", jubelte Ash. „Es muss mein Training gewesen sein, das Hoothoot dazu gebracht hat, uns zu helfen. Nicht wahr, Hoothoot?"

Hoothoot sprang Ash auf den Kopf und pickte ihn mit seinem scharfen Schnabel. Misty lachte. „Du hast es nicht trainiert, Ash. Hoothoot wollte mir helfen. Oder, Hoothoot?"

Hoothoot lächelte. Es hüpfte von Ashs Kopf herunter und sprang Misty in die Arme.

Ash schaute finster. „Na, zumindest haben wir das Geheimnis der Illusionen gelöst."

„Eigentlich, Ash, war das auch Hoothoot", sagte Rocko. „Nur durch Hoothoots

Fähigkeit, die Illusionen zu durchschauen, konnten wir die Wahrheit erkennen."

„Ja, gut", gab Ash zu. Er ging zu Hoothoot hinüber.

„Du warst uns eine Riesenhilfe, Hoothoot", sagte Ash. „Wie wär's, wenn du uns jetzt sicher aus dem Wald bringst?"

Hoothoot sah zu Misty auf.

„Tu es für uns alle, Hoothoot", sagte Misty. „Du bist jetzt ein echter Waldführer."

Hoothoot nickte und hüpfte auf den Boden.

„Hoothoot!"

5

In Webaraks Netz gefangen

„Ich bin froh, dass wir endlich aus dem Wald raus sind", sagte Ash am nächsten Tag. „Hoothoot war eine große Hilfe. Schade, dass wir uns verabschieden mussten." Hoothoot hatte nur noch eine Stunde gebraucht, um sie in Sicherheit zu bringen. Sie hatten sogar noch etwas schlafen können. Ash fühlte sich erholt und zu allem bereit.

„Ich bin froh, dass wir nach Kakalia gegangen sind", fügte Misty hinzu. „Es wird eine Wohltat sein, Beton und Häuser zu sehen, statt unheimliche Bäume."

Bald erreichten die Freunde die Stadt. Die Straßen waren von alten Ziegelbauten gesäumt. Alles wirkte irgendwie friedlich.

„Das sieht wie ein toller Ort aus, um sich zu erholen", sagte Rocko und setzte sich auf eine Holzbank. „Diese Illusionen haben mich ziemlich fertig gemacht."

Da schoss ein Polizeiauto mit heulenden Sirenen vorbei. Rocko sprang auf.

„Wo ein Polizeiauto ist, da ist auch eine Polizistin namens Officer Rocky", sagt Rocko und rannte den Bürgersteig entlang.

Ash und Misty sahen sich an. In jeder Stadt gab es eine Officer Rocky. Sie sahen alle gleich aus und waren alle miteinander verwandt. Und Rocko war in sie alle verliebt.

„Rocko ist so verrückt nach Mädchen",
bemerkte Ash. „Ich hoffe, ich benehme mich
nie so."
„Das wäre besser", sagte Misty, „denn kein
Mädchen wäre verrückt genug, dich zu
mögen."
„Hey!", rief Ash.
„Wir sollten besser hinter ihm her", sagte
Misty und lief Rocko nach.

Als Ash und Misty Rocko einholten, sahen sie gerade noch, wie er stolperte. Er fiel kopfüber auf den Beton.

„Alles okay, Rocko?", fragte Misty. Sie lehnte sich über ihren Freund. Plötzlich winkte Togepi mit den Armen und zeigte auf etwas. *„Togi! Togi!"*, sagte das Pokémon verängstigt.

„Was ist los, Togepi?", fragte Misty. Sie sah nach oben.

Etwas war vom Himmel herabgefallen. Es sah aus wie ein rundes, mürrisches Gesicht an einem Faden.

„Hey, was ist das?", fragte Misty lächelnd. Sie streckte die Hand aus, um es zu berühren.

Das mürrische Gesicht wirbelte herum. Ash sah, dass es einen Kopf und sechs Beine hatte.

„Ein K-k-k-k-k-äfer!", schrie Misty. Sie sprang rückwärts. Aber es war zu spät. Das Pokémon vom Typ Käfer und Gift schoss

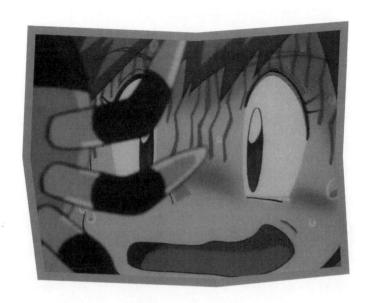

einen klebrigen Faden aus seiner Spinndrüse. Der Faden wickelte sich um Ash, Misty, Rocko und Pikachu. Sie waren in einer klebrigen Falle gefangen.

„Das nenne ich mal eine versponnene Situation", witzelte Ash.

„Das ist nicht witzig, Ash", sagte Misty. „Wir sind von einem ekeligen Käfer gefangen!"

Ash sah sich das Pokémon genau an. Sein Kopf und Körper waren grün. Was Ash für ein mürrisches Gesicht gehalten hatte, war eigentlich die Zeichnung auf dem Rücken des Pokémon. Seine Beine waren gelb und schwarz. Auf dem Kopf trug es ein kleines weißes Horn.
„Ich finde es eigentlich ganz niedlich", sagte Ash.

„Igitt!" Misty verzog das Gesicht.

Auch Rocko verzog das Gesicht. Aber er schaute eher verträumt. „Officer Rocky", sagte Rocko.

Eine Polizistin mit blauen Haaren kam auf sie zu. Sie wurde von zwei männlichen Officern begleitet.

„Sieht aus, als hätte Webarak die Diebe gefangen", sagte einer der Männer.

Officer Rocky runzelte die Stirn. „Sehen diese Kinder hier für euch wirklich wie Meisterdiebe aus?", fragte sie.

„Wir sind keine Diebe", sagte Ash schnell. „Wir sind Pokémon-Trainer."

„Ich glaube euch, aber ich möchte euch trotzdem ein paar Fragen stellen", sagte Rocky.

Sie wandte sich an die anderen Polizisten: „Holt sie aus dem Netz."

Nach einer Weile saßen Ash, Rocko, Misty

und Pikachu Officer Rocky an einem runden Tisch im Polizeirevier gegenüber.

„Tut mir leid, dass ihr im Netz gefangen wart", sagte Rocky. „Wir haben es aufgehängt, um einen Dieb zu fangen, der gerade in der Stadt sein Unwesen treibt. Er ahmt den berühmten Juwelendieb Schwarze Spinne nach."

„Die Schwarze Spinne?", fragte Ash. „Der Name kommt mir bekannt vor."

„Die Schwarze Spinne war ein Meisterdieb, der um die ganze Welt gereist ist", sagte Rocky. „Sein Partner war ein Mauzi. Das Pokémon benutzte eine Attacke namens Zahltag, um alle zu vertreiben, die sie fangen wollten."

„Zahltag", sagte Rocko, „davon habe ich gehört. Das Pokémon kann wie aus dem Nichts Münzen regnen lassen, oder?"

Rocky nickte. „Genau. Deshalb wissen wir

auch, dass der neue Dieb ein Nachahmer der Schwarzen Spinne ist." Sie hielt etwas Glänzendes hoch. Es sah aus wie eine Silbermünze mit der Aufschrift *Zahltag*.

„Der neue Dieb verwendet auch Zahltag", erklärte sie.

„Aber wo kommt das Käfer- und Gift-Pokémon ins Spiel?", fragte Ash.

Rocky sah voller Stolz auf ihr Webarak.

„Meine Urgroßmutter, Officer Rocky, hat die erste Schwarze Spinne gefangen. Ihr Webarak hat ein Netz gesponnen und ihn und sein Mauzi damit gefangen. Es war wunderbar."

„Verstehe", sagte Rocko. „Du willst also den Schwarze-Spinne-Nachahmer auch mit Webarak fangen."

„Genau!", sagte Officer Rocky. „Ich hoffe, wir fangen ihn bald. Ich wüsste zu gerne, wer dieser Nachahmer ist. Es ist echt ein Rätsel!"

Ash horchte auf. „Ein Rätsel!", sagte er.
„Welch ein Glück, dass du uns gefunden hast.
Wir werden dir helfen, dieses Rätsel im Nu zu
lösen."

6
Fallensteller

„Ihr löst also Rätsel?" Officer Rocky sah
von Ash zu Rocky und dann zu Misty. Dann
beäugte sie Pikachu und Togepi.
„Nein, das kann nicht sein", murmelte sie.
Sie ging zu einem Schreibtisch und nahm ein
Stück Papier.
„Meine Schwester aus Neuborkia hat mir in
einem Brief von einer Gruppe Kinder erzählt,
die ihr geholfen haben, ein Karnimani

wiederzufinden. Sie nannten sich Pokémon-Diebstahlermittler. Wart ihr das?"

Rocko sprang auf.

„Das sind wir! Pokémon-Diebstahlermittler, zu deinen Diensten", sagte er.

Ash hielt Rocko nicht zurück. Schließlich *hatten* sie Officer Rocky in Neuborkia geholfen, das Karnimani zurückzubekommen. Sie waren vielleicht keine offiziellen Pokémon-Diebstahlermittler, aber er fand, das hörte sich gut an.

„Wir werden dir helfen, die Schwarze Spinne in eine Falle zu locken", sagte Ash. „Oder, Misty?"

Misty zuckte mit den Schultern. „Warum nicht? Das könnte Sp - aaaaaah!"

Ein Webarak fiel von der Decke. Es landete auf Officer Rockys Schulter.

Misty schoss mit ihrem Stuhl nach hinten.

Ash sah sich das Webarak einmal genauer an.

„Das ist echt ein cool aussehendes Pokémon", sagte Ash. Er nahm seinen Pokédex aus der Tasche.

"Webarak, das Fadenwurf-Pokémon", sagte Dex. "Mit Spinndrüsen am Mund und am Hinterleib spinnt es ein Netz. Dann wartet es auf Beute. Es kann an jeder Oberfläche hochklettern."

„Ich dachte, ihr verwendet Fukano", sagte Rocko. „So wie die Officer in allen anderen Städten."

„Seitdem meine Urgroßmutter die Schwarze Spinne mit Hilfe eines Webarak fangen konnte, benutzen wir sie hier", sagte Rocky. „Sie haben uns bisher noch nie enttäuscht."

Ein uniformierter Officer kam in den Raum gerannt. Sein Gesicht war vor Aufregung gerötet und er wedelte mit einem Zettel.

„Schlechte Nachrichten, Officer Rocky", sagte er. „Wir haben gerade einen Brief vom Dieb erhalten. Er beschreibt sein nächstes Verbrechen."

Officer Rocky las den Brief. „Der Schwarze-Spinne-Nachahmer sagt, er wird heute um Mitternacht zuschlagen. Er will eine seltene Silbertrophäe stehlen!"

„Okay, Leute", sagte Ash. „Los geht's!"

Sie gingen zum Haus des Bürgermeisters,

dem die Trophäe gehörte. Hinter dem Haus standen hohe Bäume.

Der grüne Rasen und der Garten des Hauses waren perfekt gepflegt. Das blaue Wasser des Swimmingpools glitzerte in der Sonne. Ash bestaunte die Pokémon-Statuen, die den Rasen zierten.

Ein Butler führte sie ins Haus. Ein kleiner, runder Mann mit grauem Haar kam auf sie zu. Er rang nervös die Hände.

„Ihr müsst mir helfen", sagte der reiche alte Mann. „Die silberne Trophäe ist mein wertvollster Besitz."

„Können Sie sie uns zeigen?", fragte Rocky. Der reiche alte Mann nickte. Er ging den Flur entlang und öffnete eine Tür.

Ash verschlug es den Atem. Der Raum war voller Pokémon-Statuen und -Figuren aus Kristall, Glas und Marmor. In der Mitte des Raums stand ein silberner Pokal auf einem runden Podest. Sein Griff hatte die Form eines Dragonir, eines schnittigen Drachen-Pokémon.

„Sie ist wunderschön", sagte Ash. Er drehte sich zu dem reichen alten Mann um. „Keine Angst. Wir sorgen dafür, dass ihr nichts passiert."

Der reiche alte Mann sah Officer Rocky irritiert an. „Wer sind diese Kinder?"

„Wir sind Pokémon-Diebstahlermittler", sagte Ash.

Der Name gefiel ihm immer mehr. „Vielleicht haben Sie von unseren Abenteuern in Neuborkia gehört."

Der reiche alte Mann sah kein bisschen glücklicher aus.

„Keine Sorge, Sir", sagte Officer Rocky. „Webarak und ich überwachen alles. Wir lassen nicht zu, dass die Schwarze Spinne Erfolg hat."

Der reiche alte Mann nickte. „Ich vertraue Ihnen."

Ash wandte sich an seine Freunde. „Alles klar! Legen wir los."

Ash ging vor das Haus und die anderen folgten ihm. Er warf vier Pokébälle in die Luft. Glurak, ein Flug- und Feuer-Pokémon, kam heraus und stampfte mit seinen großen Füßen auf. Es schlug seine kräftigen Flügel. Dann kam Schiggy, ein niedliches Wasser-Pokémon.

Als nächstes kam Skaraborn. Das Käfer- und Kampf-Pokémon war so groß wie Ash. Ash hatte Skaraborn erst vor ein paar Wochen gefangen, aber es hatte ihm schon aus ein paar kniffligen Situationen geholfen.

Dann tauchte Bisasam auf. Skaraborn flog zu ihm herüber und leckte den süßen Nektar von Bisasams Samen. Schnell schüttelte Bisasam das große Pokémon ab.

„Wow, du hast aber viele verschiedene Pokémon", sagte Rocky beeindruckt. „Aber das kann man von professionellen Pokémon-Diebstahlermittlern vermutlich auch erwarten."

Misty rollte mit den Augen. „Das geht jetzt ein bisschen zu weit", raunte sie leise. Ash wandte sich seinen Pokémon zu.

„Alles klar, Leute", sagte er. „Bisasam, du versteckst dich im Garten."

Bisasam gehorchte. Sein blau-grüner Körper war zwischen den ganzen Pflanzen und Blüten praktisch unsichtbar.

„Skaraborn, warte da hinten bei den Bäumen", sagte Ash als Nächstes.

Skaraborn flog zu dem Waldstück. Sein blauer Körper verschmolz mit den blauen Baumstämmen.

„Schiggy, ab in den Pool", befahl Ash.

Das Wasser-Pokémon sprang in den Pool und tauchte unter, um sich zu verstecken.

Ash sah sich auf dem Grundstück um. Glurak zu verstecken würde nicht einfach sein. Dann hatte er eine Idee.

„Glurak, stell dich da drüben zu den Statuen", sagte Ash. „Versuch, ähm, nicht aufzufallen."

Glurak warf sich neben der Statue eines Turtok in Positur.

Ash wandte sich an Officer Rocky. „Unsere Pokémon sind jetzt alle in Stellung", sagte er.
„Okay, Webarak", sagte Rocky dem Käfer- und Gift-Pokémon. „Tu, was du am besten kannst!"
Webarak sprang von Rockys Schulter und kroch an der Seite des Hauses herauf.
„Wir sollten besser reingehen", sagte Rocky. Sie folgten ihr durch die Tür.

Ein fast unsichtbarer Faden kam aus
Webaraks zwei Spinndrüsen. Bewundernd
sah Ash, wie Webarak schnell ein Netz
um das gesamte Haus spann. Das Netz
erstreckte sich über den Rasen bis hin zu der
Steinmauer, die das Anwesen umgab.
„So sollten wir den Dieb erwischen, egal von
wo aus er versucht, einzubrechen", sagte
Officer Rocky. „Webaraks Netz ist enorm

stabil. Wer hinein gerät, kann sich nicht mehr bewegen."

„Das wissen wir", sagte Misty und erinnerte sich, wie sie selbst in der Falle gesteckt hatten.

„Und was machen wir jetzt?", fragte Ash.

„Wir warten", sagte Officer Rocky.

Ash und Pikachu bewachten die Eingangstür. Misty, Rocko und Officer Rocky stellten sich an anderen Türen und Fenstern auf. Der reiche alte Mann blieb im Pokémon-Raum. Er wollte den Dragonir-Pokal selbst bewachen.

Die Zeit schien dahinzukriechen. Ash gähnte und versuchte, wach zu bleiben. Er sank zu Boden. Pikachu schlief bereits an seinen Füßen.

Nach einer gefühlten Ewigkeit schlug eine Uhr im Flur zwölf Mal.

„Es ist Mitternacht!", rief Ash und sprang auf. „Pikachu, wach auf!"

Pikachu öffnete die Augen, als Officer Rocky, Misty und Rocko zu ihnen kamen.
„Irgendeine Spur vom Dieb?", fragte Ash.
„Nein", antwortete Officer Rocky. „Webaraks Netz ist unberührt. Vermutlich haben wir den Dieb verjagt."
Der reiche alte Mann kam in den Flur.
„Der Silberpokal ist immer noch da", sagte er. „Der Nachahmer der Schwarzen Spinne ist also nicht gekommen. Glücklicherweise!"

Ash strahlte: „Was erwarten Sie von professionellen Pokémon-Diebstahl-ermittlern?"

Plötzlich scholl eine schrille Stimme durchs Haus.

„Zahltag! Zahltag!", schrie die Stimme.

7
Von Team Rocket reingelegt

Eine Deckenplatte glitt zur Seite. Aus dem Loch regnete es Silbermünzen.
„Es ist die Schwarze Spinne!", rief Officer Rocky.
Zwei schwarz gekleidete Personen und ein Pokémon kletterten an einem Seil von der Decke herab. Es war ein Mädchen mit langen roten Haaren und ein Junge mit blauem

Haar. Das Pokémon war ein weißes Katzen-Pokémon, ein Mauzi.

Ash konnte es nicht glauben.

„Team Rocket?", sagte er.

Jessie grinste. „Mit uns hattest du nicht gerechnet!", sagte sie.

„Wie seid ihr hier reingekommen?", fragte Ash.

James zeigte nach oben. „Wir haben uns auf dem Dachboden versteckt, seitdem wir den Brief geschrieben haben."

„Oder anders gesagt", sagte Jessie, „wir haben euch überlistet!"

„Das erklärt, warum sie in keine der Fallen gegangen sind", sagte Officer Rocky.

Aber für Ash ergab etwas noch keinen Sinn. „Aber warum seid ihr dann erst nach Mitternacht aufgetaucht?"

Jessie, James und Mauzi sahen sich verlegen an.

„Wir sind eingeschlafen", gab Mauzi zu.
Pikachu sprang auf den Tisch. Es fing an, sich für einen Angriff aufzuladen.
Mauzi schien das nicht zu beunruhigen. „Wir haben jetzt keine Zeit zum Spielen", sagte Mauzi. „Es ist Zeit für Zahltag!"
Ash wartete auf einen Münzregen. Aber nichts passierte.
Mauzi stieß James an. „Mach schon, wirf sie", flüsterte es.

„Bitte, zwing mich nicht dazu", bettelte
James.

Jessie gab James einen Schlag auf den
Hinterkopf. „Du benimmst dich wie ein
Meister-Weichei, nicht wie ein Meister-Dieb.
Tu's einfach!"

James griff in seine Tasche. Dann warf er ein
paar Münzen nach unten.

Ash hielt die Arme hoch, um sich vor dem
Angriff zu schützen. Er sah, wie Misty sich
bückte und eine aufhob.

„Hey, das sind nur Kronkorken!", sagte sie.

„Das ist meine wertvolle Sammlung", rief
James. „Gib sie später zurück, hörst du!"

Ash lachte. „Ihr drei seid echt armselige
Nachahmer der Schwarzen Spinne. Ihr habt
verschlafen. Und euer Mauzi beherrscht noch
nicht einmal die Zahltag-Attacke. Ihr müsst
sie vortäuschen."

„Vielleicht, aber das müssen wir nicht

vortäuschen", sagte Jessie. Sie hielt den silbernen Dragonir-Pokal hoch.

„Nein! Das kann nicht sein!", rief der Bürgermeister.

Jessie winkte zum Abschied. „Ich mögt euch ja Diebstahlermittler nennen, aber eigentlich seid ihr nicht als ein Haufen Stümper. Macht's gut!"

Team Rocket verschwand wieder in der Decke. „Das Dach!"

Ash rief: „Ich wette, sie haben ihren Ballon da."

Ash lief hinaus und die anderen folgten ihm.

Team Rocket war tatsächlich in seinen Ballon geklettert. Aber der Ballon bewegte sich nicht. Ash konnte sehen, wie Webarak schnell ein Netz um den Ballonkorb spann.

„Sie hängen in Webaraks Netz fest", rief Ash glücklich.

„Die Geschichte wiederholt sich", sagte Officer Rocky. „Wer in dieser Stadt den Namen Schwarze Spinne benutzt, dessen Schicksal ist es, von Webarak gefangen zu werden."

Team Rocket gab nicht auf. Sie hielten große Ventilatoren hoch und stellten sie auf volle Leistung.

Damit machten sie genug Wind, um ihren
Ballon ein kleines Stück weit zu bewegen.
Ash zögerte nicht.
„Schiggy! Bisasam! Skaraborn! Glurak!", rief
er. „Ich brauche euch!"
Ashs Pokémon kamen alle aus ihren
Verstecken.
„Schiggy! Aquaknarre!"
Ein Wasserstrahl schoss aus Schiggys Mund

und schoss Team Rocket die Ventilatoren aus den Händen.

„Bisasam, Rasierblatt!"

Scharfe Blätter flogen aus Bisasams Samen. Sie zerschnitten den Stoff von Team Rockets Ballon.

„Dann mal los, Glurak", sagte Ash. „Jetzt!"

Glurak schoss einen Flammenstrahl auf das Netz um Team Rockets Ballon. Das Netz löste sich auf und der Ballon stieg auf. Das Loch im Ballon verlor aber viel Luft und der Ballon wirbelte wie verrückt durch die Luft.

„Hey, mein silberner Dragonir-Pokal!", rief der Bürgermeister.

Ash zuckte zusammen. Er war es gewohnt, Team Rocket mit seinen Pokémon in den Himmel zu schießen. Den Pokal hatte er ganz vergessen.

Officer Rocky rief zu Webarak hinauf: „Hilf uns!"

Webarak zielte mit einem klebrigen Faden auf den Ballonkorb. Er klebte sich an den Boden des Korbs und zog ihn zu Boden.
„Wir fallen!", schrie Jessie.
Glurak flog auf und fing den Korb in seinen Armen.
Das Echsen-Pokémon kippte den Korb um und begann, ihn zu schütteln.
Kronkorken regneten heraus.

„Meine Sammlung!", schrie James.

Dann fielen Kristallvasen, glänzendes Silber und andere Schätze aus dem Korb.

„Wir verlieren unsere Beute!", schrie Mauzi.

„Das sind die anderen Schätze, die sie gestohlen haben, seit sie in der Stadt sind", bemerkte Officer Rocky.

Pikachu, Bisasam, Schiggy und Skaraborn liefen auf dem Rasen herum und fingen die herabfallenden Schätze auf.

Als letztes fiel der Dragonir-Pokal! heraus.

„Ich krieg ihn!" Ash rannte über den Rasen.

Der Kelch prallte von Ashs Rücken ab und landete direkt in Officer Rockys Armen.

„Wir haben ihn!", sagte Rocky.

Glurak schüttelte den Korb noch einmal.

Jessie, James und Mauzi flogen durch die Luft.

„Sieht aus, als würde Team Rocket mal wieder einen Abgang machen!", riefen sie.

Officer Rocky gab dem Bürgermeister den Pokal.

„Anscheinend seid ihr Kinder wirklich Profis", sagte der Bürgermeister. „Ich kann euch gar nicht genug danken."

„Kein Problem", sagte Ash. „Das ist es nun mal, was Profi-Pokémon-Diebstahlermittler tun."

„Ich finde, Webarak hat uns den Tag wirklich gerettet", sagte Misty. „Es ist ziemlich cool, für ein Käfer-Pokémon."

Webarak landete auf Officer Rockys Schulter.

„Mit Webarak hast du schon Recht", sagte Rocky. „Aber ohne euch hätte ich das nicht geschafft."

Rocko lief zu Rocky hinüber. „Wir haben dir geholfen, die Schwarze-Spinne-Nachahmer zu fassen. Können wir sonst noch etwas für dich tun?"

Ash stellte sich vor ihn. „Tut mir leid, Rocko,

aber wir können nicht bleiben. Ich muss weiter, wenn ich ein paar Orden gewinnen will."

Beim Gedanken, zu gehen, sah Rocko traurig aus. „Keine Angst, Rocko. Hier im Westen scheint alles recht rätselhaft. Ich wette, wir werden bald wieder einer Officer Rocky helfen."

8
Kleines verlorenes Damhirplex

„Da vorne liegt eine Stadt", sagte Ash.
„Super! Wir kommen Viola City und der
ersten Arena der Johto-Liga immer näher.
Ich kann es kaum erwarten, einen neuen
Orden zu bekommen."
„Vergiss nicht, dass du dazu erst einmal den
Arenaleiter besiegen musst", stichelte Misty.
„Oder vielleicht müssen wir Officer Rocky

helfen, ein weiteres Rätsel zu lösen",
sagte Rocko. Er hatte schon wieder diesen
verträumten Blick.

Der Pfad, auf dem sie gingen, öffnete sich.
Vor ihnen lag eine geschäftige Metropole.
Mitten in ihrem Zentrum lag ein großer
grüner Park, umgeben von kleinen Gebäuden
und bunten Häusern.

„Für mich sieht das ziemlich normal aus",
sagte Ash. „Ich kann mir nicht vorstellen,
dass hier etwas Rätselhaftes passiert."

Misty sah sich den Stadtplan an. „Um zum
Pokémon-Center zu kommen, müssen wir
durch den Park gehen."

„Ist mir recht", sagte Ash. Er lief den Pfad
hinunter mit Pikachu dicht an seinen Fersen.
Der Weg durch den Park war rechts und
links von grünen Laubbäumen gesäumt.
Ash hörte die Rufe wilder Taubsi in den
Baumkronen.

„Was für ein friedlicher Ort", sagte Ash.
„Findest du nicht auch, Pikachu?"

„*Pika!*" Pikachu wirkte überhaupt nicht friedlich. Das kleine gelbe Pokémon sah beunruhigt aus. Es hüpfte auf Ashs Schulter und zeigte auf eine Stelle auf der anderen Seite des Wegs.

„Ist da etwas?", fragte Ash. Er sah sich die Büsche am Wegrand genau an. Dann sah er es. Zwei große Augen starrten aus dem Grün.

„Sind das riesige Augäpfel?", fragte Misty. Rocko spähte hinüber. „Ich glaube nicht. Sieh mal genau hin."

Die Augen raschelten mit den Blättern. Jetzt erkannte Ash, dass es keine Augen, sondern ein Pokémon-Geweih mit je zwei Gabeln war. In jeder dieser Gabeln war eine Kugel, die wie ein Auge aussah.

„Ich glaube, das ist ein Geweih", sagte Ash, „aber wem gehört es?"

Wieder raschelten die Blätter. Ein Kopf lugte hervor.

„Wow, was ist das?", fragte sich Ash. Er nahm sein Dex heraus.

"Damhirplex, das Vielender-Pokémon", sagte das Pokédex. "Der angenehme Geruch, den die augenartigen Kugeln am unteren Ende des Geweihs verströmen, hat einen verwirrenden Effekt auf alle, die ihn riechen.

Damhirplex leben gewöhnlich in Herden in Bergregionen."

„Ich frage mich, was er hier in einem Stadtpark macht", sagte Misty.

Rocko ging einen Schritt näher. „Es sieht wie ein Damhirplex aus", sagte er. „Mal sehen ... am besten nähert man sich einem Pokémon, indem man sein Verhalten nachahmt, um es nicht zu erschrecken."

Ash sah, wie Rocko auf alle Viere ging und auf das Damhirplex zukrabbelte. Er wusste, dass sein Freund ein großer Pokémon-Züchter werden wollte. Dazu gehörte auch, mit Pokémon zu kommunizieren und ihre Bedürfnisse zu verstehen. Er fragte sich, ob es Rocko diesmal gelingen würde.

Bald standen sich Rocko und das Damhirplex fast Nase an Nase gegenüber.

„Alles gut", sagte Rocko beruhigend. „Liebes kleines Damhirplex."

Rocko streckte die Hand aus, um das Damhirplex im Nacken zu streicheln. Es wich ein wenig zurück und gab ein leises Winseln von sich.
Rocko sah sich das Damhirplex genauer an.
„Es scheint verletzt zu sein", sagte Rocko.
„Es hat eine kleine Wunde am Knie. Wenn ich es schaffe, dass es mir vertraut, kann ich ihm helfen."

Rocko nahm vorsichtig etwas Pokéfutter aus seiner Tasche. Es war sein eigenes Spezialrezept.

„Friss ruhig", sagte er dem Damhirplex.

Das kleine Damhirplex schnüffelte daran, fraß aber nicht.

Rocko biss selbst hinein. „Hmmm. Lecker."

Plötzlich bemerkte Ash seltsame weiße Schwaden, die vom Geweih des Damhirplex kamen. Der Dunst wehte über den Weg und über ihre Köpfe hinweg. Rocko schien ihn nicht zu sehen.

Dann bemerkte Ash noch etwas. Hinter dem kleinen Damhirplex war etwas aufgetaucht. Es war eine ganze Herde erwachsener Damhirplex! Wütend scharrten sie mit den Hufen.

Misty sah sie auch. Sie drückte Togepi fest an sich.

„Ähm, Rocko", flüsterte Ash.

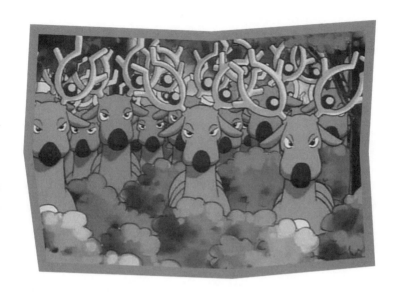

„Nicht jetzt, Ash", sagte Rocko.

„Rocko, schau auf!", bestand Ash.

Rocko hob den Kopf. Er erstarrte. Dann stand er langsam auf.

„Ähm, Leute", sagte er. „Sieht aus, als wollten sie ..."

„Uns jagen!", rief Ash, als die Damhirplex-Herde auf sie losstürmte.

Stürmende Damhirplex

Instinktiv schnappte sich Ash Pikachu. Dann drehte er sich um und rannte los.
Die Hufe der Damhirplex donnerten auf den Weg. Es klang wie Donnergrollen. Wenn die Herde sie einholte, würde sie sie überrennen, das war Ash klar.
Aus dem Augenwinkel sah er Misty und Rocko neben sich rennen.

„Wir können sie nicht abhängen!", schrie
Rocko über den Krach.

„Aber vielleicht können wir sie überlisten",
rief Misty.

Es schien hoffnungslos. Ash hatte das Gefühl,
als fühlte er den heißen Atem der Damhirplex
in seinem Nacken ...

Und dann, ganz plötzlich, verstummte das
Hufdonnern.

As rannte weiter. Als er sich endlich sicher
war, dass sie außer Gefahr waren, hielt er an
und schaute sich um.

Der Weg war leer. Die Herde war nirgendwo
zu sehen.

„Wir sind in Sicherheit", sagte Ash keuchend.
„Die Damhirplex-Herde ist weg."

Rocko spähte den Weg hinunter. „Das war
seltsam. Was ist mit dem kleinen verletzten
Damhirplex? Und wie kann eine so große
Herde einfach verschwinden?"

„Das würde ich auch gerne wissen", sagte eine Stimme.

Ash, Rocko und Misty drehten sich um. Es war Officer Rocky.

„Ich habe gehört, ihr habt eine stürmende Damhirplex-Herde gesehen", sagte Rocky.

„Ich bekomme schon die ganze Woche Meldungen über eine Damhirplex-Herde, die Leuten im Park Angst macht. Aber irgendwie können wir sie nirgends finden."

„Das klingt für mich nach einem Rätsel", sagte Ash.

Rocko drängte sich vor zu Officer Rocky. „Wir können Ihnen helfen, die Damhirplex-Herde zu finden. Wir sind professionelle Pokémon-Rätsellöser."

„Ich dachte, wir wären Pokémon-Diebstahlermittler", murmelte Misty.

Rocko stupste sie in die Seite. Er sah Rocky an. „Was sagen Sie? Können wir helfen?"

Officer Rocky sah nachdenklich aus. „Nun gut, aber ihr müsst erst mit zum Polizeirevier kommen, damit ich einen Bericht aufnehmen kann. Damit sollten wir anfangen."

Ash und die anderen folgten Officer Rocky zum Polizeirevier.

Dort erzählte ihnen Officer Rocky von den Damhirplex-Angriffen.

„Normalerweise ist der Park voller Familien", erklärte sie, „aber aus Angst vor den Damhirplex bleiben sie weg."

„Ich dachte, Damhirplex leben in den Bergen", sagte Misty. „Was machen sie in einem Park?"

„Das ist ja das Verwirrende", sagte Officer Rocky.

Rocko nickte. „Das ist es allerdings. Der Park wirkt nicht groß genug für eine Herde von Damhirplex. Ich habe an den Pflanzen im Park auch überhaupt keine Fraßspuren gesehen."

„Genau", sagte Ash. „Das hört sich an, als hättest du eine Idee, was da vor sich geht, Rocko."

„Vielleicht", sagte Rocko nachdenklich.

„Hilfe!", kam ein lauter Schrei von draußen. Ash und die anderen folgten Officer Rocky, die losrannte, um nachzusehen. Ash konnte kaum glauben, was sie sahen.

Jessie, James und Mauzi kamen laut

schreiend die Straße heruntergerannt. Als
sie Officer Rocky sahen, hielten sie mit
quietschenden Sohlen an.

„Helfen Sie uns!", bettelte Jessie. „Eine
Herde Damhirplex ist hinter uns her!"

„Das muss die Herde sein, die wir eben
gesehen haben", sagte Misty.

Rocko sah die Straße hinunter. „Wo sind
sie?"

„Sie sind direkt hinter uns!", sagte James.
„Wir müssen sofort von der Straße weg."

Aber die Straße war völlig ruhig. Kein
einziges Damhirplex war zu sehen.

„Vor einer Minute waren sie noch da", sagte
Mauzi. Dann zeigte es vor sich. „Schaut. Da
ist eines!" Das kleine Damhirplex aus dem
Park kam die Straße entlang gehumpelt.

„Lasst es uns fangen und zum Boss bringen",
rief Jessie. Sie hielt einen Pokéball hoch.

Da traten weiße Schwaden aus dem Geweih

des Damhirplex aus. Sie wehten die Straße herunter an ihnen vorbei.

In dem Moment tauchte wie aus dem Nichts die Damhirplex-Herde am Ende der Straße auf. Sie stürmte auf das Polizeirevier los. Team Rocket rannte die Straße hinunter.

„Alle sofort in die Station!", rief Officer Rocky.

Ash rannte auf die Tür zu. Aber er sah, dass Rocko sich nicht bewegte. Sein Freund stand

mitten auf der Straße, genau im Weg der stürmenden Herde.

„Rocko, was machst du da?", rief Ash.

„Vertraut mir", sagte Rocko. Er streckte dem kleinen Damhirplex die Hände entgegen, der nun dicht vor ihm stand. „Du brauchst keine Angst haben. Wir tun dir nichts."

„Rocko, diese Damhirplex werden dir weh tun!", schrie Misty.

Aber Rocko wich nicht zurück. Die Herde kam näher. Gleich würden sie ihn zertrampeln.

„Rocko!", schrie Ash. Er rannte hinaus auf die Straße. Aber Officer Rocky hielt ihn auf. „Es ist zu spät, Ash."

Togepi hielt sich die Augen zu. Ash konnte auch nicht hinsehen. Die Herde war nur noch Meter von Rocko entfernt.

„Nein!", schrie Ash.

Die stampfende, schnaubende Herde stürmte genau auf Rocko zu ...

Und dann durch ihn hindurch.

Ash stockte der Atem. Es war, als sei die Herde aus Luft!

Das letzte Damhirplex lief durch Rocko hindurch. Dann verschwand die ganze Herde. Rocko atmete tief durch. Er drehte sich zu den anderen um.

„Seht ihr?", sagte er. „Ich habe doch gesagt, ihr müsst euch keine Sorgen machen."

10
Der Damhirplex-Roboter!

Ash schüttelte den Kopf. „Ich kann einfach nicht glauben, dass du das getan hast, Rocko. Du hast uns echt Angst gemacht."
„*Pika!*", stimmte Pikachu zu.
Sie waren wieder im Polizeirevier. Rocko verband die Wunde des kleinen Damhirplex. „Mir wurde klar, dass die Herde nur eine Illusion war", erklärte Rocko. „Das kleine

Damhirplex hier hat die Illusion erzeugt, um sich zu schützen."

„Das macht Sinn", sagte Misty.

„Damhirplex können mit den Kugeln an ihren Geweihen Illusionen erzeugen", fügte Rocko hinzu.

Ash wandte sich an Officer Rocky. „Es sieht aus, als wäre dieses Rätsel gelöst."

„Ich muss zugeben, ich bin beeindruckt, Rocko", sagte Officer Rocky. „Wie konntest du nur so cool bleiben?"

Rocko wurde rot. „Das war doch nichts. Ich hatte beobachtet, wie die Herde durch die Wände eines Hauses lief. Da wurde mir klar, dass der kleine Kerl hier hinter allem steckt."

Das junge Damhirplex schlief friedlich. Misty streichelte sanft seinen Kopf.

„Der kleine Kerl hat ganz schön viel Chaos veranstaltet", sagte Misty.

„Es konnte nicht anders", erklärte Rocko.

„Es war allein in dem Park. Es hatte Angst. Deshalb hat es die Illusion einer Herde erschaffen, um sich zu schützen."

„Da du gerade von der Herde sprichst", sagte Ash. „Wir sollten zusehen, das kleine Damhirplex schnell wieder zu seiner Familie zu bringen."

Rocko sah sich das verbundene Bein an. „Ich denke, nach einer durchgeschlafenen Nacht

wird es in Ordnung sein. Morgen können wir ihm dann helfen, seine Herde zu finden."
Officer Rocky gab ihnen ein paar Decken und Ash und die anderen schliefen im Polizeirevier. Rocko blieb die ganze Nacht an der Seite des Damhirplex. Am nächsten Morgen nahmen sie einen Weg aus der Stadt heraus. Officer Rocky sagte, er führe zu Berge, in denen Damhirplex wohnten.
Sie folgten den von Bäumen gesäumten Pfad. Bald schon veränderte sich die Landschaft und sie waren von hohen Klippen umgeben. Der Pfad führte dann steil die Berge hinauf.
Rocko sah das Damhirplex an. „Also", sagte er, „dieser Pfad bringt dich zurück in die Berge. Den Rest musst du alleine tun."
Das Damhirplex bewegte sich nicht.
„Anscheinend will es nicht gehen", meinte Ash.

„Kann es nicht bei uns bleiben?", fragte Misty. „Es ist so süß."

Rocko schüttelte traurig den Kopf. „Es gehört zu seiner Herde. Es ist zu jung, um mit uns zu kommen."

Rocko sah dem Damhirplex in die Augen.

„Versteh doch! Es ist nur zu deinem Besten", sagte Rocko.

Das Damhirplex ließ den Kopf hängen.

„Komm schon, mach, dass du wegkommst!", brüllte Rocko. Ash wusste, dass Rocko es nicht so meinte, auch wenn er wütend klang. Er musste dafür sorgen, dass das Damhirplex ging, egal wie.

„Komm in die Hufe!", brüllte Rocko.

Das Damhirplex sah Rocko verletzt an. Dann drehte es sich um und trottete den Pfad entlang.

Ash legte seinen Arm um Rockos Schultern.

„Bist du okay, Rocko?"

Rocko nickte. „Es ist das Beste so. Lasst uns in die Stadt zurückkehren."

Ash und seine Freunde gingen schweigend den Weg zurück. Sie alle waren traurig, das Damhirplex gehen lassen zu müssen.

Plötzlich hielt Pikachu an. Das kleine gelbe Pokémon drehte sich um. Es zeigte zum Himmel.

Ash drehte sich um. Über dem Berg schwebte ein Heißluftballon mit einem Mauzi-Gesicht. Team Rocket!

„Oh, nein! Das kleine Damhirplex!", rief Misty. Rocko war schon unterwegs. Ash sah, wie sein Freund in Windeseile wieder auf die Berge zu rannte.

Ash, Misty und Pikachu rannten ihm hinterher. Sie liefen den Bergpfad hinauf.

Ash stoppte plötzlich. Dort kam ein riesiger Damhirplex-Roboter den Berg hinunter galoppiert. Er hatte einen silbernen Körper

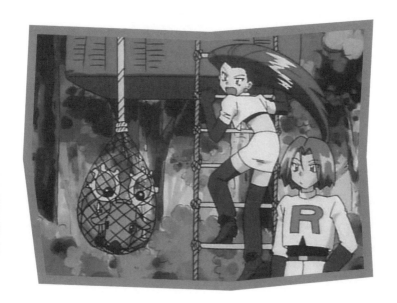

und seine Augen leuchteten blau. An seinem Maul baumelte ein Netz.
In dem Netz war das kleine Damhirplex.
Das Damhirplex strampelte wild. Sein Geweih verströmte weiße Schwaden, die den Roboter-Kopf umhüllten.
Im Ballon grinste Team Rocket triumphierend.
„Wie schade", sagte James, „dass Maschinen aus Metall nicht auf Illusionen reinfallen."

Rocko rannte den Berg hinauf. Er sprang und versuchte das Netz zu greifen.

„Lass es los!", schrie Rocko. „Dieses Damhirplex gehört in die freie Natur, zu seiner Familie."

Mauzi hielt die Fernbedienung.

„Wie kann ich dir nur begreiflich machen, wie wir das sehen?", überlegte Mauzi. „Ah, ich weiß." Das Katzen-Pokémon drückte einen roten Knopf an der Fernbedienung.

Das Maul des Roboters ging auf und er spuckte Metallstäbe heraus. Sie bohrten sich rund um Rocko herum in den Boden und setzten ihn gefangen.

„Nein!", schrie Rocko.

Jessie spottete: „Ist das alles, was dir einfällt?", fragte sie.

„Du solltest dir ein gutes Motto überlegen", sagte James. „Unseres ist leider schon vergeben."

Rocko stieß die Metallstäbe um. Dann warf er einen rot-weißen Pokéball.

„Onix! Tackle!", rief Rocko.

Es gab einen Lichtblitz und heraus kam ein Felsnatter-Pokémon.

Ash wusste, dass Onix wahrscheinlich Rockos stärkstes Pokémon war.

Onix zögerte nicht. Das Pokémon vom Typ Gestein und Boden rammte den Roboter. Der Roboter wankte vor und zurück.

„Onix, verwende Klammergriff!", befahl
Rocko.

Onix wickelte seinen langen Körper um den
Roboter und quetschte das Metall. Es gab
ein fürchterliches Geräusch, als der Roboter
unter dem Druck zusammenbrach.

Onix ließ von ihm ab. Der Roboter explodierte
zu einem Wirrwarr aus Kabeln und
Zahnrädern.

„*Ooonnixxx!*", brüllte Onix mit grollender
Stimme.

„Gute Arbeit, Onix!", jubelte Rocko.

Ash begann auch zu jubeln. Doch dann
bemerkte er etwas. Das Netz baumelte nun
am Ballon von Team Rocket.

„Rocko!", rief Ash. „Sie haben das
Damhirplex immer noch."

11
Rettet das Damhirplex!

Der Ballon stieg immer höher.
„Na-na-na-na-naah-naah!", spottete James.
„Du kriegst uns nicht!"
Ash überlegte schnell. „Pikachu, Donnerblitz!",
befahl er dem Elektro-Pokémon.
„*Pikachuuuuu!*" Die Luft knisterte, als
Pikachu eine elektrische Ladung in Richtung
des Ballons schleuderte.

Aber der Angriff war zu kurz.

„Deine schwächliche Pickachu-Attacke kriegt uns nicht!", sagte Mauzi hämisch. „Wir sind zu hoch!"

Ash warf schnell einen weiteren Pokéball. Er würde Team Rocket nicht davonkommen lassen.

„Bisasam, verwende deinen Rankenhieb. Schnell!", rief Ash.

Bisasam tauchte auf und sprang schnell auf

einen hohen Felsen. Lange grüne Ranken schossen aus seinem Samen.

Die Ranken waren aber nicht lang genug. Der Ballon schwebte über die Baumwipfel davon.

„Nein!", schrie Rocko.

Jessie und James rollten mit den Augen.

„Er braucht wirklich dringend einen anderen Spruch", sagte Jessie.

Plötzlich hallte ein lautes Dröhnen über die Berge. Ash sah erstaunt, wie eine große Herde Damhirplex sich auf der Klippe genau über ihnen versammelte.

„Ist das jetzt auch eine Illusion?", fragte Misty.

Rocko schüttelte den Kopf. „Ich glaube nicht. Ich glaube, sie sind hier, um zu helfen."

Das größte Damhirplex der Herde sprang von der Klippe in die Luft. Es segelte durch die Luft und zerriss das Netz mit seinem Geweih. Und es riss ein Loch in Team Rockets Ballon.

„Es sieht aus, als wäre Team Rocket mal wieder auf der Flucht!", sagte Ash, als Jessie, James und Mauzi aus dem abgestürzten Ballon in den Wald rannten.
Ash drehte sich zu Rocko um. „Wir haben's geschafft. Wir haben das Damhirplex gerettet!"
Bisasam setzte das kleine Damhirplex auf

den Boden. Die Damhirplex-Herde kam aus dem Wald, angeführt von dem großen Damhirplex. Mit der Nase stupste er das Kleine an.

„Siehst du", sagte Rocko leise. „Ich habe dir doch gesagt, dass du hier hingehörst."

Das kleine Damhirplex sah Rocko in die Augen. Dann drehte es sich langsam um und folgte der Herde.

„Viel Glück, Kleiner", flüsterte Rocko, als die Herde hinter einer Biegung verschwand.

Misty lehnte sich gegen einen hohen Baum.

„Das war heftig", bemerkte sie. „Und dabei sah diese Stadt so friedlich aus. Ich bin von der ganzen Action total erschöpft!"

„Hier im Westen ist es ganz schön aufregend", sagte Rocko. „Ich bin gespannt, was uns in Viola City erwartet."

Ash grinste. „Bisher ist mir das noch ein Rätsel!"

Über die Autorin

Tracey West schreibt seit über 20 Jahren Bücher. Sie schaut sich gerne Cartoons an, liebt Comics und wandert gerne im Wald (auf der Suche nach wilden Pokémon). Sie lebt mit ihrer Familie und ihren Haustieren in einer Kleinstadt im US-Bundesstaat New York.

Leseprobe

ISBN: 978-3-8451-1874-1

1
Pikachu gegen Evoli

„Ash! Wie schön, dich zu sehen", sagte Professor Eich.
Ash Ketchum betrat lächelnd Professor Eichs Labor. Professor Eich hatte sich seit seinem letzten Besuch kein bisschen verändert. Er trug immer noch einen weißen Laborkittel. Ash dachte, Professor Eich war bestimmt zu beschäftigt damit, Pokémon zu erforschen,

als dass er sich um sein Aussehen geschert hätte.

„Es ist auch schön, Sie zu sehen, Professor", sagte Ash.

Professor Eich ging in die Hocke und streichelte das kleine gelbe Pokémon an Ashs Seite.

„Du siehst wirklich gut aus, Pikachu", sagte Professor Eich.

„*Pika!*", antwortete Pikachu glücklich.

Nach Ash kamen auch seine drei Freunde ins Labor.

Die energische Persönlichkeit der Pokémon-Trainerin Misty passte perfekt zu ihrem leuchtend orangen Haar. In ihren Armen trug sie Togepi, ein kleines Pokémon.

Rocko lernte, um Pokémon-Züchter zu werden. Er lugte unter seinem zauseligen dunklen Haarschopf hervor und schaute sich im Labor um. Er war gerade erst wieder zu

Ash und Misty gestoßen, nachdem er eine Zeit bei der berühmten Pokémon-Züchterin Professor Ivy gelernt hatte.

Tracey war ein neuer Freund, den Ash und Misty auf ihrer Reise durch den Orange-Archipel kennengelernt hatten. Er war ein Pokémon-Beobachter, der das Verhalten der Pokémon studierte und sie zeichnete. Professor Eich war Traceys Held.

„Es ist so eine Ehre, Sie endlich

kennenzulernen", sagte Tracey und zerquetschte Professor Eich fast die Hand. „Ich habe einige Aufzeichnungen meiner Studien, die ich Ihnen gerne zeigen würde. Das würde mir viel bedeuten."

„Das sehe ich mir gerne an, später", sagte Professor Eich. „Jetzt bin ich aber erst einmal auf den GS-Ball von Ash gespannt."

„Genau", sagte Ash. Er war ja durch den Orange-Archipel gereist, um den geheimnisvollen Pokéball zu Professor Eich zu bringen. Er konnte nicht wie die meisten normalen Pokébälle einfach von einem Labor zum nächsten transportiert werden. Die meisten Pokébälle waren rot-weiß und in ihnen steckten gefangene Pokémon. Der GS-Ball war golden und silbern. Keiner wusste, wie man ihn öffnete, um herauszufinden, was sich darin befand.

Ash griff in seine Tasche und holte den

Leseprobe

glänzenden Ball hervor. Er gab ihn dem Professor.

Professor Eich untersuchte den Ball zufrieden lächelnd. „Großartig! Gute Arbeit, Ash."

Ash strahlte. Seine Pokémon-Reise hatte damit begonnen, dass Professor Eich ihm Pikachu gab, sein allererstes Pokémon. Ash wollte Professor Eich stolz machen. Er hatte unterwegs viele Fehler gemacht. Er hatte noch eine Menge zu lernen, wenn er ein Pokémon-Meister-Trainer werden wollte. Professor Eich den GS-Ball zu bringen, fühlte sich gut an.

„Na, wenn das nicht der Verlierer Ash Ketchum ist", erscholl eine näselnde Stimme. Ash kannte diese Stimme. Es war Gary, Professor Eichs Enkel und Ashs Erzrivale.

Toller Lese- und Rätselspaß

Willkommen auf Alola!
ISBN 978-3-8451-1633-4

mit !

Das tolle Pfannkuchenrennen
ISBN 978-3-8451-1634-1

Alles über Pikachu
ISBN 978-3-8451-1889-5

Pokémon – Das große Lexikon
ISBN 978-3-8451-1889-5

Unser Versprechen für mehr Nachhaltigkeit
- Klimaneutrales Produkt
- Papiere aus nachhaltigen und kontrollierten Quellen
- Hergestellt in Deutschland

©2021 Pokémon. ©1997-1999 Nintendo, Creatures,
GAME FREAK, TV Tokyo, ShoPro, JR Kikaku. TM, ® Nintendo.
Inhalte mit freundlicher Genehmigung übernommen aus:
„Ash Ketchum, Pokémon Detective" von Scholastic
All Rights Reserved.
© 2021 Nelson Verlag in der Carlsen Verlag GmbH,
Völckersstraße 14-20, 22765 Hamburg

Übersetzung: Brigitte Rüßmann & Wolfgang Beuchelt, Scriptorium Köln
Lektorat: Constanze Steindamm
Covergestaltung: awendrich grafix, Hamburg
Satz: Pinkuin Satz und Datentechnik, Berlin
Herstellung: Nadine Beck
www.carlsen.de/nelson